KV-510-774

MICHEWA
A'R
MYNYDD

Michewa ydw i. Mae'n swnio
fel Mic-ŵ-a ac yn golygu
'wedi'i hanfon o'r nefoedd'.

My name is Michewa,
pronounced Mick-oo-ah.
It means 'sent from heaven'.

I Sam, Eva, Bella, Elsi, Leo, Nel ac Albie

Llyfrgelloedd Sir Y Fflint
Flintshire Libraries
2982

SYS   £9.99

JWFIC   MO

Cyhoeddwyd gyntaf yng Nghymru yn 2020 gan
Atebol Cyfyngedig, Adeiladau'r Fagwyr, Llanfihangel Genau'r Glyn, Aberystwyth, Ceredigion, SY24 5AQ

Hawlfraint yr arlunwaith a'r testun © Sean Chambers 2020
Hawlfraint y cyhoeddiad © Atebol Cyfyngedig 2020

Anfoner pob ymholiad hawlfraint at Atebol

Cedwir pob hawl. Ni chaniateir atgynhyrchu unrhyw ran o'r cyhoeddiad hwn na'i drosglwyddo mewn unrhyw ffurf neu drwy unrhyw fodd, electronig neu fecanyddol, gan gynnwys llungopïo, recordio neu drwy gyfrwng unrhyw system storio ac adfer, heb ganiatâd ysgrifenedig y cyhoeddwr.

Geiriau Cymraeg gan Manon Steffan Ros
Dyluniwyd gan Dylunio GraffEG

Golygwyd gan Adran Olygyddol Cyngor Llyfrau Cymru

www.atebol-siop.com

ISBN 978-1-913245-37-5

Dymuna'r cyhoeddwr gydnabod cymorth ariannol Cyngor Llyfrau Cymru

Flintshire Library Services

029 0000 1232 982

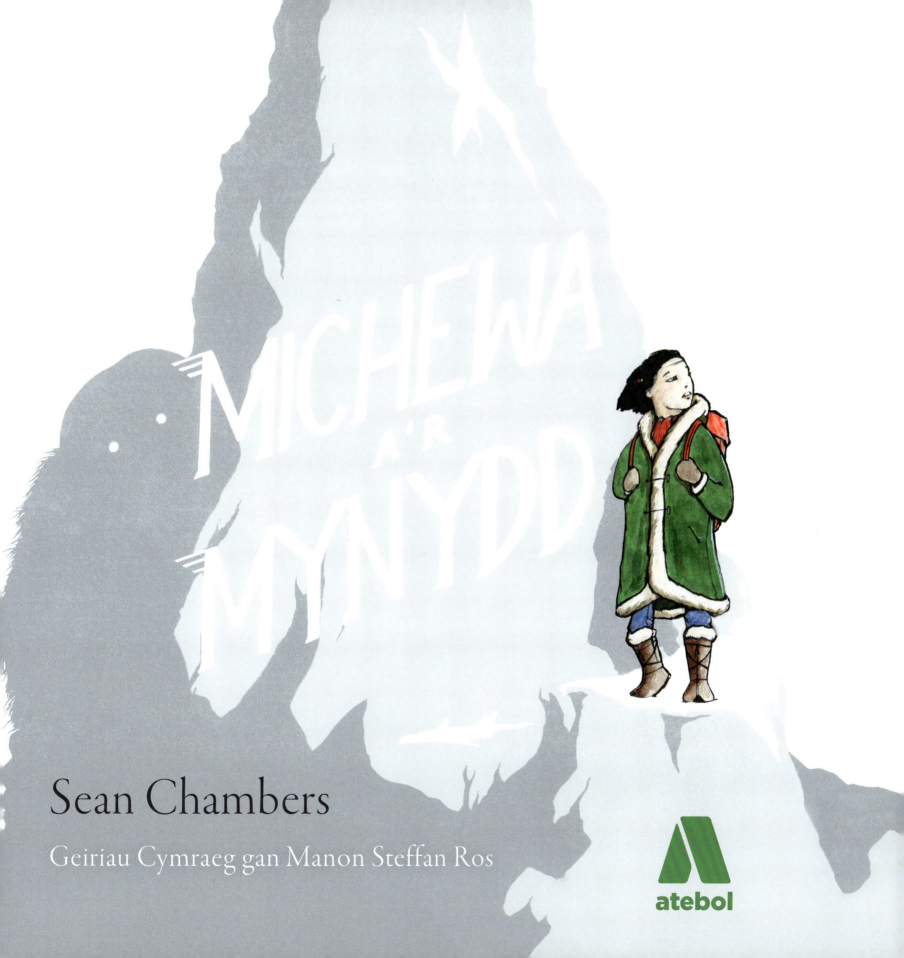

MICHELA A'R MYNYDD

Sean Chambers

Geiriau Cymraeg gan Manon Steffan Ros

atebol

Mae cartref Michewa yn ymyl llwybr serth drwy'r goedwig.

Mae'r llwybr yn brysur o hyd gyda phobl o bob rhan o'r byd. Mae pawb yn dod i ddringo'r mynyddoedd sydd mor uchel, mae eu copaon o'r golwg yn y cymylau, rhywle'n uchel iawn uwchben y goedwig.

Weithiau, bydd Michewa'n gwneud siop fach wrth y tŷ a gwerthu cwpanau o de poeth. Weithiau, bydd hi'n pobi bisgedi i'w gwerthu hefyd.

Mae ei thad yn tywys rhai o'r ymwelwyr i fyny'r mynydd. Mae'n gwneud yn siŵr eu bod nhw'n dilyn y llwybr cywir, ac yn cadw pawb yn saff. Mae Michewa'n falch iawn o'i thad. Fe ydy'r tywysydd prysuraf yn y pentref!

Bob tro mae'n mynd i'r gwaith, mae
Michewa'n rhedeg ar ei ôl i fyny'r mynydd.

"Ga i ddod gyda chi heddiw?" mae'n gweiddi.
Mae hi'n gofyn yr un peth bob un dydd.

"Pan wyt ti ychydig yn gryfach, ychydig
yn fwy ac ychydig yn ddoethach!" mae
Dad yn gweiddi 'nôl.

Yr un yw ei ateb bob tro.

Mae'r mynydd sydd agosaf at eu tŷ nhw ychydig yn wahanol i'r lleill. Does dim baneri lliwgar yn chwifio ar y copa achos does 'na neb wedi cyrraedd yno – erioed! Mae tad Michewa wedi dweud wrthi pa mor beryg a serth ydy'r mynydd yma, a sut mae'r 'mynydd dirgel' yn hoffi cael llonydd.

Un diwrnod, a hithau wedi cael llond bol ar wneud te a phobi
bisgedi, mae Michewa'n penderfynu dangos i'w thad ei bod
hi'n gryf ac yn fawr. Mae hi'n penderfynu mynd i glymu baneri
gweddio lliwgar ar gopa uchaf un y 'mynydd dirgel'.

Mae hi'n dilyn y llwybr serth drwy'r goedwig,
nes iddi gyrraedd rhan o'r mynydd sydd mor
uchel, dydy'r coed ddim yn gallu tyfu yno.

Yna, mae hi'n dringo dros ddolydd
mawr sydd mor serth, dydy'r glaswellt
ddim yn gallu tyfu yno.

Mae hi'n dringo nes nad oes dim i'w weld ond creigiau ac eira a rhew.

Mae Michewa'n stopio pan mae'r gwynt
rhewllyd yn dechrau brifo ei hwyneb.

Cyn bo hir, mae'r gwynt yn chwythu
cymylau mawrion o eira o'r llawr nes bod
Michewa'n methu'n lân â gweld dim!

Pe bai Michewa ond ychydig yn gryfach.

Mae Michewa'n ceisio dod o hyd i loches. Mae'n ceisio lapio'i blanced amdani ei hun, ond mae'r gwynt yn ei chipio o'i dwylo. Mae'n codi cwfl ei chôt yn dynn am ei phen a chau ei llygaid.

Pan mae hi'n agor ei llygaid eto, mae Michewa'n teimlo'n gynnes ac yn glyd. Mae hi'n meddwl ei bod wedi cysgu. O'i chwmpas, mae'r eira wedi lluwchio'n uchel.

Mae Michewa'n saff!
Felly ymlaen â hi.

Heibio rhewlifoedd gwyrddlas ...

ac o amgylch creigiau enfawr sy'n edrych fel petaen nhw wedi eu gosod yno gan gawr o ddewin.

Mae Michewa'n stopio pan mae'n teimlo cryndod dan ei thraed. Mae sŵn tebyg i daran yn dod o rywle, ac mae'r sŵn yn codi'n uwch ac yn uwch ac yn uwch ...

EIRLITHRIAD

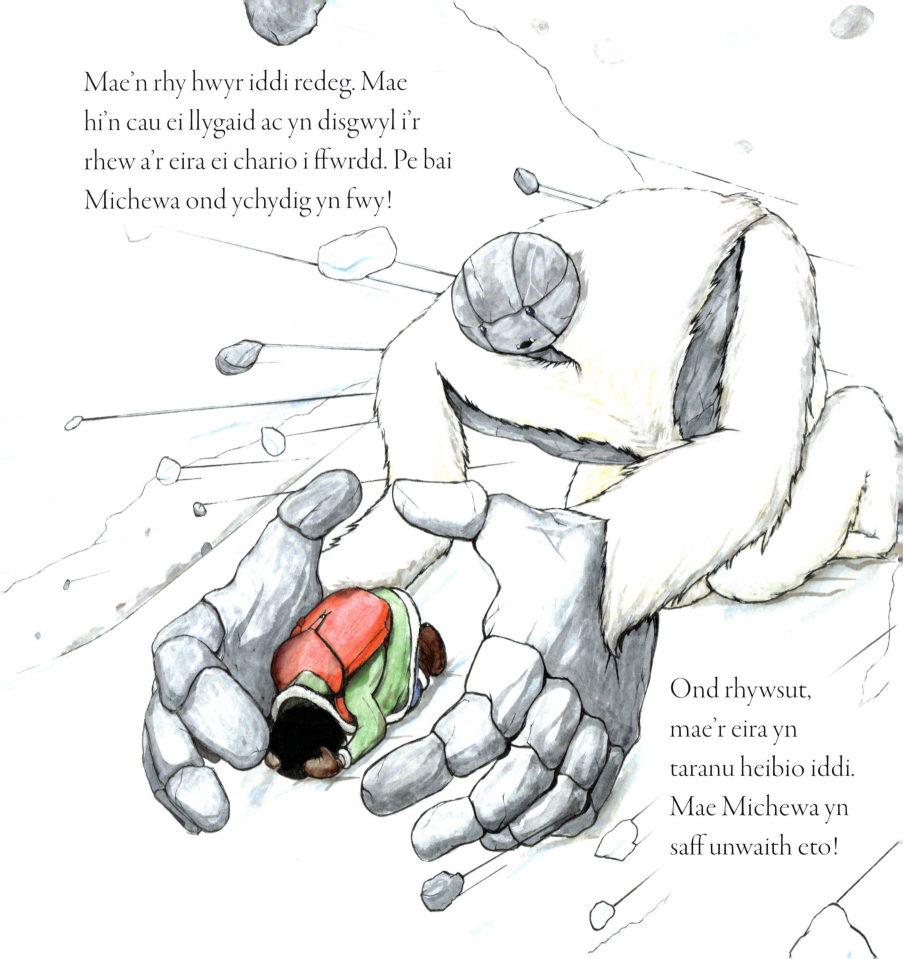

Mae'n rhy hwyr iddi redeg. Mae hi'n cau ei llygaid ac yn disgwyl i'r rhew a'r eira ei chario i ffwrdd. Pe bai Michewa ond ychydig yn fwy!

Ond rhywsut, mae'r eira yn taranu heibio iddi. Mae Michewa yn saff unwaith eto!

Ymlaen â hi.

Mae'n dringo dros hafnau dwfn sy'n diflannu'n dywyllwch, ac i fyny rhaeadrau sydd wedi rhewi'n wydr caled, clir.

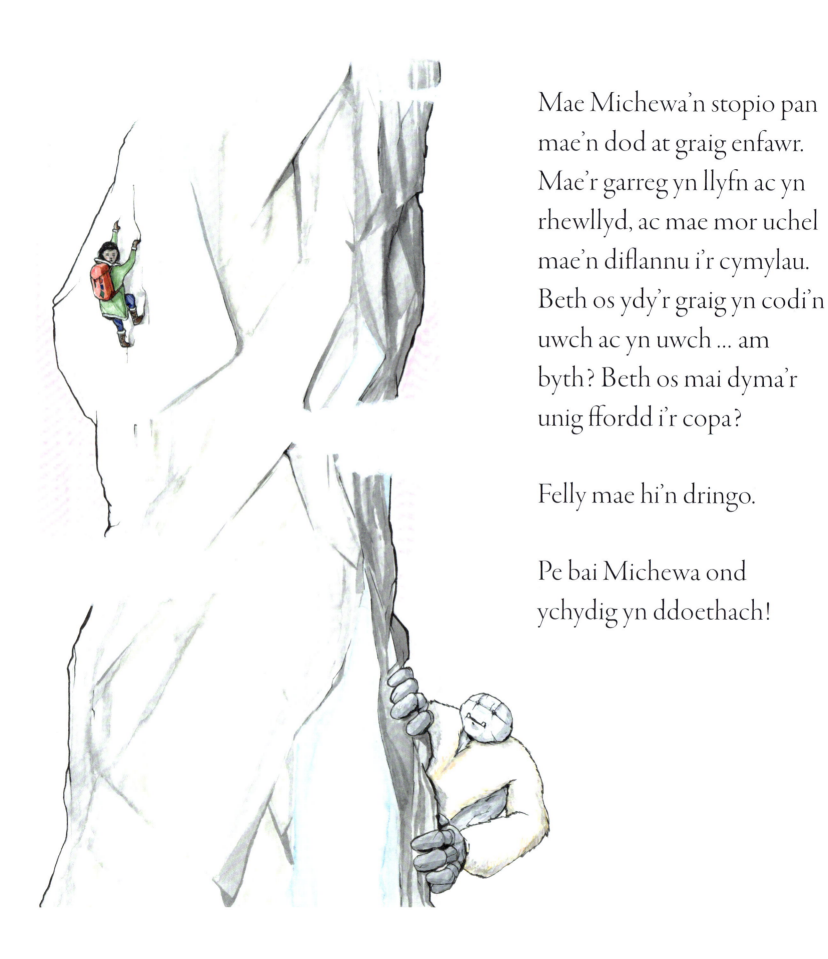

Mae Michewa'n stopio pan mae'n dod at graig enfawr. Mae'r garreg yn llyfn ac yn rhewllyd, ac mae mor uchel mae'n diflannu i'r cymylau. Beth os ydy'r graig yn codi'n uwch ac yn uwch ... am byth? Beth os mai dyma'r unig ffordd i'r copa?

Felly mae hi'n dringo.

Pe bai Michewa ond ychydig yn ddoethach!

Cyn bo hir, mae cymylau o'i chwmpas i gyd. Mae Michewa'n methu estyn er mwyn dringo ymhellach, a dydy hi ddim yn gallu dringo'n ôl i lawr.

Mae ei bysedd yn dechrau brifo, a'i choesau yn crynu. Mae'n methu dal ei gafael yn y graig ...

Mae Michewa'n disgyn, yn cwympo, ac
yn syrthio'n bellach. Mae ei llygaid yn cau,
a hyd yn oed petai hi eisiau eu hagor nhw
drachefn, byddai'n methu!

Wrth i'r haul fachlud tu ôl i'r mynydd, mae Michewa'n deffro, yn saff dan y coed sy'n agos at y llwybr tuag adref. Mae hi wedi ei lapio yn y flanced a ddiflannodd yn y gwynt.

Ai breuddwyd oedd y cyfan?

Mae hi'n syllu yn ôl ar gopa pell y mynydd – roedd hi'n siŵr ei bod hi'n agosach na hynny ato. Mae fflach o liw yn dal ei llygad wrth i'r darn olaf o haul ddiflannu y tu ôl i'r mynydd.

Mae Michewa'n edrych yn ei bag. Mae'r baneri gweddïo lliwgar wedi mynd!

Fydd Michewa byth yn gwybod beth ddigwyddodd ar y mynydd uwchben ei chartref. Pan fydd hi'n hŷn, bydd hi'n dweud wrth ei phlant, ac wrth yr ymwelwyr sy'n mynd heibio, am yr holl beryglon ar y mynydd ...

a bydd hi'n dweud
bod y 'mynydd dirgel'
yn hoffi cael llonydd.

MICHEWA
AND THE
MOUNTAIN

page 5

Michewa's home sits alongside a steep forest path.

The path is always busy with visitors from all over the world who come to climb and explore the mountains that disappear into the clouds, somewhere high above the trees.

page 6

Sometimes Michewa sets up a shop and sells hot cups of tea, and sometimes she even bakes biscuits.

page 7

Her father shows many of the visitors to the very tops of the mountains. He keeps them safe and makes sure nobody gets lost on their way. Michewa is very proud of her father – he is the busiest mountain guide in the whole village.

page 8

Every time he leaves for work, Michewa chases him up the steep path.

"Can I come with you today?" she shouts. She asks the same thing every day.

"When you are a little stronger, a little bigger and a little wiser!" he shouts back.

He says the same thing every time she asks.

page 9

The mountain closest to their home is a little different to the others. There are no colourful flags blowing on its slopes, because nobody has ever been there. Michewa's father has told her about how dangerous and steep this mountain can be and how the 'secret mountain' keeps itself to itself.

page 10

Bored of brewing tea and baking biscuits, Michewa decides one day that she will show her father just how big and strong she is and she sets off to tie a string of beautiful prayer flags to the very top of the 'secret mountain'.

page 11

She follows the steep forest path until she is so high the trees can't grow anymore.

Then she climbs over great sloping meadows until even the grass can't grow anymore.

page 12

Until all she can see are rocks and snow and ice.

page 13

Michewa stops when the icy wind starts to sting her face.

Soon the wind blows great clouds of snow straight from the ground and she can't climb any further!

If only Michewa was a little stronger.

pages 14 – 15
BLIZZARD!

Michewa quickly finds what shelter she can. She tries to wrap herself in her blanket, but the wind is so strong it blows it away. She pulls the hood of her coat around her face and closes her eyes.

page 16

But when she opens them again, she is warm and she even feels like she has been asleep. The snow lays in great drifts around her.

page 17

Michewa is safe! So she climbs on.

page 18

Past towering turquoise glaciers ...

page 19

and around boulders that seem to have appeared there by magic.

pages 20 – 21

Michewa stops when she feels a trembling under her feet. Then comes a sound like thunder, which gets louder and louder and louder …

AVALANCHE!

page 22

It's too late to run. She closes her eyes and waits to be carried away in the giant wave of snow and ice. If only Michewa was a little bigger!

But somehow the avalanche roars straight past her. Michewa is safe again!

page 23

So she climbs on.
Over deep crevasses that disappear into the dark and up frozen waterfalls as clear as glass.

page 24

She stops when she reaches a steep rock face, a towering wall of rock and ice that vanishes into the clouds. Maybe it goes on forever? Maybe it's the way to the top?

So she climbs.

If only Michewa was a little wiser!

page 25

Soon she is surrounded by the clouds. Michewa can't reach to climb any further and she can't see to make her way back down.

Her fingers begin to ache and her legs tremble. She can't hold on any longer …

pages 26 – 27

and she falls.

page 28

Michewa tumbles, then bumps, then tumbles some more. Then her eyes close and even if she wanted to, she couldn't open them again!

page 29

As the sun creeps behind the mountain, Michewa wakes up, tucked safely under the trees and close to the path that leads to her home. She is wrapped in her blanket that the wind had carried away.

page 30

Did she dream the whole adventure?

She stares back at the mountain top which she is sure she was so close to. A flicker of colour catches her eye as the last piece of sun falls behind the mountain.
She checks quickly through her bag – her beautiful prayer flags have gone!

page 31

Michewa will never find out what really happened on the mountain above her home. When she grows up, she will tell the visitors that pass, and her own children, of its many dangers ...

page 32

and that it has a secret that is best kept.